LA GRANDE IMAGERIE

LA GUERRE 1939-1945

TEXTES CHRISTINE SAGNIER
ILLUSTRATIONS GIAMPIETRO COSTA

FLEURUS

EN MARCHE VERS LA GUERRE

La Première Guerre mondiale s'achève le 11 novembre 1918. Elle a fait 11 millions de morts. Désormais, il faut aider les veuves, les orphelins, les soldats mutilés, et reconstruire les régions ravagées par les combats. Les pays vainqueurs élaborent des accords de paix, dont le traité de Versailles, qui redessinent les frontières en Europe et font de nombreux mécontents. De plus, une terrible crise économique survient en 1929. Alors que beaucoup rêvent d'un monde sans guerre, des régimes autoritaires émergent en Allemagne, en Italie, en Espagne, en URSS...

La guerre « hors la loi »

Dès 1919, une organisation mondiale est créée, la Société des Nations (SDN), censée garantir la paix et la sécurité dans le monde en jouant un rôle d'arbitre entre les pays. Or, dans un premier temps, les vaincus sont exclus de la SDN et les États-Unis refusent d'en faire partie, même s'ils défendent l'idée d'un désarmement. En 1928, 63 nations, dont l'Allemagne, le Japon et l'Italie, déclarent la guerre hors la loi en signant le pacte Briand-Kellogg. Mais le nouveau découpage de l'Europe engendre des contestations qui menacent la mission de la SDN.

La signature du pacte Briand-Kellogg, en 1928

Le jeudi noir

Au lendemain de la guerre, les besoins sont considérables et la production augmente, mais le manque d'argent freine les achats. Très vite, on produit trop et on doit licencier. Le jeudi 24 octobre 1929, la Bourse de New York est frappée par une grave crise financière. Les Américains qui ont prêté de l'argent aux entreprises sont ruinés, les banques, les commerces, les sociétés font faillite. Cette crise a des conséquences mondiales. Partout, le chômage explose.

Joseph Staline (1879-1953), chef révolutionnaire russe, puis Secrétaire général du Parti communiste, impose dès 1927 un régime de terreur en Russie. De 1941 à 1945, il lutte contre l'invasion allemande.

Benito Mussolini (1883-1945) est à l'origine du Parti fasciste italien (1919). Devenu chef du gouvernement en 1922, il exerce une dictature dès 1925. Il lance l'Italie dans la guerre aux côtés des nazis. Il sera tué par des résistants italiens en 1945.

Adolf Hitler (1889-1945) est nommé chancelier allemand en 1933. Dès lors, il établit une dictature, persécute les races qu'il considère comme inférieures, et se lance à la conquête de l'Europe pour réaliser son projet d'une « grande Allemagne ».

Franklin Delano Roosevelt (1882-1945) est président des États-Unis de 1932 à 1945. Dès que la guerre est déclarée en Europe, il œuvre pour que son pays offre son aide aux démocraties. Après l'attaque de Pearl Harbor, il engage activement les États-Unis dans le conflit.

Charles de Gaulle (1890-1970) est un général français. En juin 1940, depuis l'Angleterre, il invite les Français à poursuivre la lutte et organise la Résistance depuis Londres. Il reste l'une des grandes figures de la libération française.

Winston Churchill (1874-1965) est nommé Premier ministre du Royaume-Uni en 1940. Très tôt, il s'inquiète de la montée au pouvoir d'Hitler. Décidé à mener le combat jusqu'au bout, Churchill est l'un des grands acteurs de la victoire alliée.

La mobilisation générale : tous les hommes en âge de servir dans l'armée, c'est-à-dire de 21 ans à environ 40 ans, doivent rejoindre leur caserne.

Hitler fascine les foules lors de grands rassemblements savamment mis en scène. Discours, chants, musique guerrière, drapeaux, défilés de chars, tout concourt à envoûter l'assistance.

Philippe Pétain (1856-1951) demande l'armistice en juin 1940. Devenu chef de l'État en juillet de la même année, il gouverne depuis la ville de Vichy, en zone libre, et met en place une politique de collaboration avec l'occupant.

En mai 1940, l'avancée de l'armée allemande dans le nord de l'Europe pousse des millions de familles belges, néerlandaises et françaises à fuir vers le sud. C'est l'exode.

Paris-soir

GRAND QUOTIDIEN D'INFORMATIONS ILLUSTRÉES

6e ÉDITION

50 cent.

MOBILISATION GÉNÉRALE

Premier jour de la mobilisation : 2 Septembre

BATAILLE SUR TOUT LE FRONT GERMANO-POLONAIS

« Nous tirons depuis 5 h. 45 »

déclare Hitler au Reichstag

Varsovie bombardée

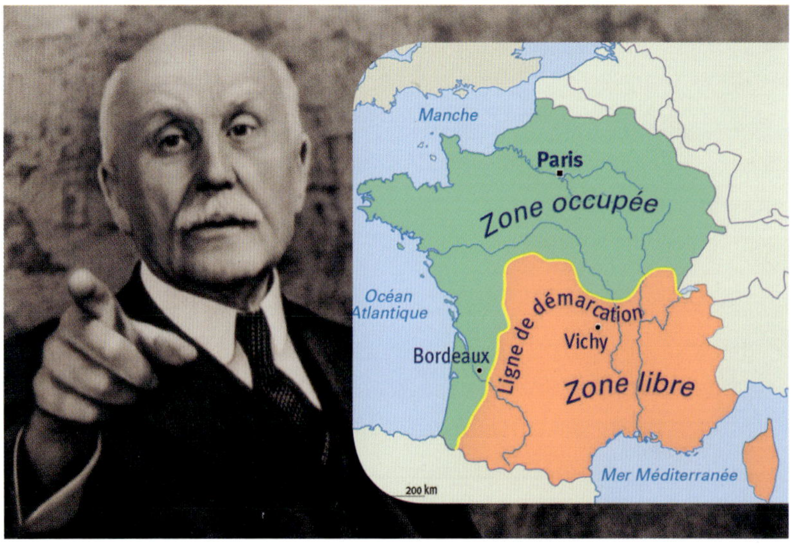

Organisés en réseaux secrets, les résistants luttent partout en Europe contre l'envahisseur allemand.

Cartes et tickets de rationnement sont distribués pendant l'Occupation.

Les 6 et 9 août 1945, les Américains larguent deux bombes atomiques sur les villes japonaises d'Hiroshima et de Nagasaki.

7 décembre 1941 :
le Japon attaque la flotte américaine à Pearl Harbor (Hawaï).

Les alliés débarquent en Normandie le 6 juin 1944. L'opération, qui a pour nom de code « Overlord », est préparée depuis des mois.

Dans les camps de concentration créés par Hitler sont déportés tous ceux que les nazis jugent inférieurs ou dangereux : Juifs, Tsiganes, communistes, homosexuels…

Au lendemain de la guerre, quantité de villes d'Europe sont en ruines : une longue période de reconstruction va débuter.

Dès 1941, Hitler oblige les Juifs à porter une étoile jaune cousue sur leur vêtement.

A
N° 122
DÉPART^ent Calvados
COMMUNE
RUE et N°
NOM
PRÉNOMS
PROFESSION
NATIONALITÉ
Sexe
DATE 12 Juin 1918
COMMUNE
DÉPART^ent Calvados
DOMICILE
NAISSANCE
délivrée le : 27 OCT 1941
r la Mairie de
SIGNATURE DU MAIRE,
Cachet de la Mairie
VALABLE JUSQU'AU
2e TRIM. 42
125 G
SUCRE

Jude

Après la guerre 1914-1918, des tensions naissent parmi les peuples qui vivent à l'intérieur des nouvelles frontières (points chauds). Des conflits s'engagent pour récupérer un territoire (régions litigieuses).

Un monde désenchanté et sous tension

Les États-Unis, épargnés par les destructions, connaissent un formidable essor industriel. Mais en Europe les États, qui se sont déjà endettés pour financer la guerre, doivent payer la reconstruction. L'Allemagne est humiliée : décrétée responsable du conflit, elle doit verser de lourdes réparations aux vainqueurs et perd une partie de son territoire. L'Italie est déçue de ne pas s'être vue attribuer les territoires qu'elle souhaitait. À l'est, la toute nouvelle URSS est ruinée par la guerre mondiale et par la guerre civile qui a opposé les partisans et les ennemis du tsar. Déjà, de nouvelles tensions apparaissent...

LA MONTÉE DE POUVOIRS TOTALITAIRES

En Italie, en 1919, Benito Mussolini fonde le mouvement fasciste. Au pouvoir en 1922, il met la population au pas et décide d'étendre les possessions coloniales italiennes. Dès 1935, il envahit l'Éthiopie. En URSS, Joseph Staline entend faire de son pays une grande puissance au prix d'une terrible répression de la population. En Allemagne, Adolf Hitler, qui veut restaurer la grandeur du pays, promet la fin du chômage et de la pauvreté. Dès son arrivée au pouvoir en 1933, il met en place un parti politique unique : le Parti nazi. En Espagne, en 1936, les militaires, dont le général Franco, organisent un coup d'État contre la République. L'Allemagne et l'Italie leur prêtent main-forte.

LE JAPON À LA CONQUÊTE DE L'ASIE

Les nationalistes japonais rêvent d'un grand Japon. Dès 1931, l'armée envahit la Mandchourie, une province du nord de la Chine. En 1937, le pays du Soleil-Levant déclare la guerre à la Chine. Les militaires se déchaînent contre la population et mettent les villes à sac, comme à Nankin où 100 000 Chinois sont tués.

LE NAZISME AU POUVOIR

Humiliée par les traités de la Première Guerre mondiale, l'Allemagne est touchée de plein fouet par la crise économique en 1930. La situation profite au Parti national-socialiste et à son chef, Adolf Hitler, qui, une fois au pouvoir, impose sa dictature. Dès lors, toute opposition est éliminée et la population est embrigadée. Les journaux, la radio, le cinéma vantent la pensée nazie, fondée sur l'idée d'un peuple « pur » conduit par un guide, le « Führer », qui doit conquérir son « espace vital » en se débarrassant des « races inférieures ».

En mai 1933, à Berlin, plus de 20 000 livres sont brûlés au motif que leurs auteurs sont Juifs, communistes, qu'ils vantent la paix ou la démocratie…

Adolf Hitler

Né en Autriche en 1889, Adolf Hitler fréquente dès sa jeunesse les milieux racistes et antisémites (hostiles aux Juifs) de Vienne, la capitale. Engagé dans l'armée en 1914, il est blessé deux fois. Marqué par la défaite de 1918, il entre au Parti ouvrier allemand, dont il prend la direction avant d'en faire le Parti national-socialiste, ou Parti « nazi », en 1920. Après avoir tenté de renverser l'État en 1923, il est emprisonné quelques mois pendant lesquels il rédige *Mein Kampf* (*Mon combat*). Ce livre expose sa conception raciste du monde et annonce ses projets de conquête.

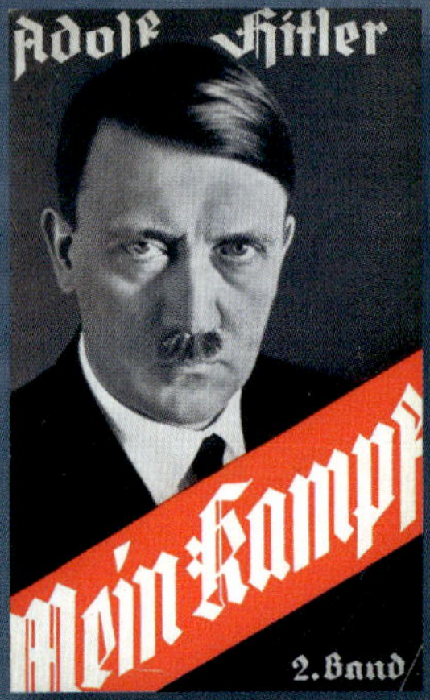

Dans son livre, Hitler dit vouloir réunir au sein d'un grand empire, le Reich, toutes les populations de langue et de culture allemandes, et donner à ce peuple de « maîtres » un espace suffisant pour garantir sa sécurité et sa prospérité. Pour cela, il explique qu'il faut dominer les hommes « inférieurs », dont font partie, selon lui, les Slaves, les Tsiganes, les Juifs, les communistes, les homosexuels et les handicapés.

La dictature en marche

À sa sortie de prison en 1924, Hitler projette de prendre légalement le pouvoir. Les difficultés économiques profitent à son Parti nazi, qui devient en 1932 le premier parti au Parlement (l'assemblée chargée de fixer les lois). En 1933, le président de la République, le maréchal von Hindenburg, nomme Hitler chancelier, c'est-à-dire chef du gouvernement. Rapidement, Hitler va imposer sa dictature.

Hitler et le président Hindenburg, en 1934

Un pouvoir total

À l'aide de sa garde personnelle, les Schutzstaffel, surnommés « SS », et de la police secrète, la Gestapo, Hitler élimine tous ceux qui ne pensent pas comme lui. Il interdit la plupart des partis politiques et des syndicats, et dès 1933 fait emprisonner les opposants dans des camps de concentration.

Propagande et contrôle absolu

Pour mener leur projet à bien, les nazis utilisent la propagande : afin de convaincre tous les Allemands et de contrôler leurs pensées, ils ne cessent de répéter leurs idées lors de grands rassemblements et événements sportifs ou culturels. Films et affiches servent aussi à diffuser leurs messages. Ce « bourrage de crâne » commence dès l'école, où l'on enseigne entre autres aux enfants à détester les Juifs. À partir de 1938, tous les garçons et les filles de 10 à 18 ans doivent appartenir au mouvement des Jeunesses hitlériennes. Une Chambre de la culture est créée pour tout surveiller : la radio, les journaux, le cinéma, les livres.

Les garçons enrôlés dans les Jeunesses hitlériennes sont formés pour servir le Reich. Vêtus d'un uniforme et entraînés au maniement des armes, ils participent notamment à des camps d'été où ils apprennent l'obéissance, la fiabilité et l'endurance par le biais de jeux semblables à des entraînements militaires.

L'EUROPE EN GUERRE

Avant même l'arrivée de Hitler au pouvoir, l'Allemagne se réarme en secret. Elle reconstitue sa force aérienne alors que le traité de Versailles lui interdit de posséder une armée de l'air. Elle signe avec la Russie le traité de Rapallo l'autorisant à installer des usines d'armement en URSS. L'armée russe se réorganise elle aussi et des alliances se nouent entre les dictatures. L'Allemagne se rapproche ainsi de l'Italie et du Japon. L'Espagne, en guerre civile, sert de terrain d'entraînement aux armées russe, italienne et allemande.

Vers une grande Allemagne

Poursuivant le rêve d'une « grande Allemagne », les troupes de Hitler envahissent l'Autriche le 12 mars 1938. Ni la France ni la Grande-Bretagne ne réagissent. Hitler vise alors la Tchécoslovaquie. Français et Anglais se réunissent à Munich avec les Italiens et les Allemands et autorisent l'Allemagne à envahir une partie de la Tchécoslovaquie à la condition qu'elle n'accroisse plus son territoire. Anglais et Français pensent ainsi échapper à la guerre.

La guerre est déclarée

Paris-soir
GRAND QUOTIDIEN D'INFORMATIONS ILLUSTRÉES
6e ÉDITION
MOBILISATION GÉNÉRALE
Premier jour de la mobilisation : 2 Septembre
BATAILLE SUR TOUT LE FRONT
GERMANO-POLONAIS
« Nous tirons depuis 5 h. 45 »
déclare Hitler au Reichstag
Varsovie bombardée

Très vite, les Allemands conquièrent le reste de la Tchécoslovaquie, puis convoitent la Pologne. Après avoir signé un pacte de soutien mutuel avec l'Italie, le pacte d'Acier, l'Allemagne signe un pacte de non-agression avec la Russie pour ne pas risquer un affrontement à l'Est. L'armée allemande envahit la Pologne le 1er septembre 1939. Le 3, l'Angleterre et la France déclarent la guerre à l'Allemagne.

La « drôle de guerre »

L'armée allemande, la Wehrmacht, écrase la Pologne en 4 semaines, puis se déploie vers l'ouest. Français et Anglais regroupent alors leurs forces en Belgique et derrière une ligne de fortifications qui s'étend le long de la frontière franco-allemande : la ligne Maginot, équipée d'obusiers, de canons antichars et de mitraillettes. Postés derrière cette ligne, les soldats attendent l'action pendant 6 mois : c'est la « drôle de guerre ».

Construite de 1930 à 1935 le long de la frontière franco-allemande, la ligne de défense Maginot abrite des kilomètres de galeries reliant des bases souterraines.

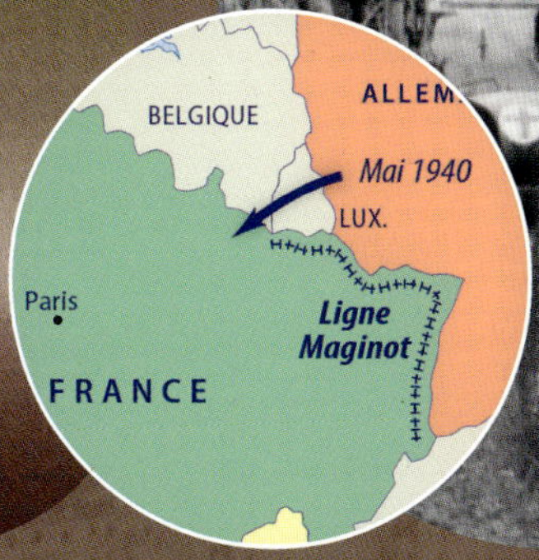

La guerre éclair

Durant la « drôle de guerre », le conflit se déplace vers le nord. Les Russes envahissent la Finlande. L'Allemagne occupe le Danemark puis la Norvège en 24 heures. Le 10 mai 1940, Hitler lance l'offensive à l'Ouest. La Wehrmacht fonce sur les Pays-Bas, la Belgique, le Luxembourg. À la surprise des Français, les chars allemands traversent la forêt des Ardennes, réputée infranchissable, prenant à revers les troupes postées derrière la ligne Maginot. Contraintes au repli, les forces franco-britanniques se retrouvent encerclées au bord de la mer du Nord. 30 000 hommes sont évacués par bateau vers l'Angleterre, les autres sont tués ou faits prisonniers.

L'ANGLETERRE SEULE EN GUERRE

La Pologne, la Belgique, les Pays-Bas, le Danemark, la Norvège sont envahis par l'Allemagne. Seule l'Angleterre, menée par son nouveau Premier ministre, Winston Churchill, tient tête à Hitler. Nuit après nuit pendant 9 mois, l'armée de l'air allemande, la Luftwaffe, pilonne les villes anglaises, larguant 100 000 bombes sur Londres ! Pourtant, les Anglais résistent grâce au courage de leurs pilotes, toujours prêts à décoller pour intercepter les avions ennemis, détectés par les radars mis au point avant la guerre.

Sur les routes, la terreur est à son comble. Des colonnes de civils épuisés cherchent à fuir l'avancée allemande.

L'exode

Devant la déferlante allemande, des milliers de civils fuient sur les routes à pied, à vélo, en charrette, en voiture, rejoints par les soldats en déroute. Incapable de freiner l'armée allemande et afin d'éviter le bombardement de la capitale, l'armée française déclare Paris « ville ouverte » à l'ennemi. Le 22 juin 1940, la France signe l'armistice dans le wagon où fut signé celui de 1918. Cet accord règle entre autres les conditions de l'occupation de la France par l'Allemagne (voir page 11).

LA VIE SOUS L'OCCUPATION

Dès l'été 1940, l'armée allemande occupe une grande partie de l'Europe. Alors que les populations vivent avec la peur et les interdits, l'occupant, lui, a tous les droits : il prélève l'argent nécessaire à ses frais d'occupation, confisque les radios, réquisitionne l'essence, la laine et les produits alimentaires. Composer un repas devient un vrai casse-tête, se déplacer est un tour de force, se chauffer un luxe. Même s'habiller s'avère compliqué. Face à la pénurie, il faut s'organiser, recycler, vivre avec le minimum.

Des magasins vides

Difficile de manger à sa faim : le pain, la viande, le beurre, le sucre, le lait... tout manque. Chacun reçoit une carte individuelle d'alimentation sur laquelle sont notés son âge et sa profession de manière à déterminer les rations qui lui reviennent. Un enfant a droit à plus de lait, un travailleur manuel à davantage de pain. Encore faut-il pouvoir se ravitailler, car les boutiques sont souvent vides. Il est plus facile de vivre à la campagne, où l'on peut élever des poules et des lapins et profiter d'un potager. Heureux sont les citadins qui ont de la famille en dehors des villes et qui peuvent se faire envoyer des colis !

Les Français s'organisent. Sans essence, les voitures ne sont plus utilisées pour circuler, le vélo est donc à l'honneur. Même les taxis sont à pédales, ce sont les vélos-taxis. C'est le temps des « ersatz », les produits de remplacement : le café est fait à base de glands, le savon confectionné avec du lierre, les rutabagas remplacent les pommes de terre...

LE MARCHÉ NOIR

Quand un produit est de plus en plus rare, les acheteurs qui ont les moyens sont prêts à le payer à prix d'or, et les fournisseurs le vendent au plus offrant. Ces vendeurs qui profitent de la pénurie pour s'enrichir sont surnommés les BOF (beurre, œufs, fromage). Ce commerce interdit se pratique clandestinement. C'est le « marché noir ».

La peur au quotidien

La peur est permanente : celle d'être arrêté en représailles d'une action de la Résistance, celle de n'être pas rentré chez soi avant le couvre-feu qui interdit de sortir la nuit, celle des bombardements... Pour éviter d'être prises pour cible par l'ennemi, les vitres des fenêtres doivent être masquées afin qu'aucune lumière ne filtre. En cas d'attaque aérienne, les populations se terrent dans le métro, dans des caves ou des carrières. Les enfants qui vivent dans les villes les plus menacées sont envoyés à la campagne.

Des enfants tricotent des chaussettes.

S'habiller, se chauffer

Pour se procurer des chaussures et des vêtements, il faut aussi des bons d'achat. Faute de cuir, les semelles sont en bois. La laine et le coton sont remplacés par des tissus pour doublure ou de la bâche à camion... Privés de vêtements chauds, les civils ont en outre des difficultés à se chauffer. Le charbon manque, on brûle du bois. Dans les logements, il n'y a plus d'eau chaude non plus.

L'effort de guerre

Mener la guerre implique d'avoir un armement toujours plus performant. Dans les usines allemandes, anglaises, russes, américaines, on produit sans relâche. Les femmes y remplacent les millions d'hommes partis combattre. Elles fabriquent des armes, des parachutes, des pièces d'avion... Des inventions spectaculaires voient le jour : la première fusée, le premier ordinateur capable de décrypter les messages secrets ennemis, la Jeep...

RÉSISTANCE ET COLLABORATION

Les pays occupés sont administrés par l'Allemagne ou par des gouvernements qui soutiennent sa politique. La principale préoccupation des populations est de survivre. Tandis que certains choisissent de collaborer avec l'occupant, d'autres décident de combattre l'envahisseur et le nazisme au péril de leur vie. Les actions de résistance, d'abord individuelles et isolées, sont ensuite menées par des réseaux organisés, agissant dans le plus grand secret. Des regroupements de patriotes se créent aussi dans les pays occupés par les Japonais et les Italiens.

L'appel du 18 juin

Le 17 juin 1940, le maréchal Pétain annonce que les Français doivent cesser le combat. Mais un militaire quasi inconnu, le général de Gaulle, ne peut admettre que la lutte soit finie. Il s'envole aussitôt pour l'Angleterre. Le 18 juin 1940, soutenu par le Premier ministre anglais Churchill, il lance un appel aux Français à la radio anglaise, la BBC, invitant tous les volontaires à le rejoindre pour organiser la Résistance depuis Londres.

La France coupée en deux

En juin 1940, le maréchal Philippe Pétain, héros de la guerre de 1914-1918, signe l'armistice avec l'Allemagne. Les Français pensent avoir évité le pire. Désormais, le pays est coupé en deux par une ligne de démarcation. Au Nord, la zone occupée est soumise à un régime militaire. Au Sud, la zone libre est administrée depuis la ville de Vichy par le gouvernement français, dirigé par Pétain.

De juin 1940 à novembre 1942, la France est partagée en deux zones.

Bien qu'ils soient souvent spectaculaires, les dégâts provoqués par les sabotages ferroviaires sont vite réparés et engendrent de terribles représailles.

La collaboration

Cinq mois après l'armistice, le 24 octobre 1940, Hitler et Pétain, alors chef de l'État français, se rencontrent. Pétain accepte dès lors de collaborer avec l'Allemagne. À partir de cette date, la France applique la politique nazie et participe à l'arrestation et à la persécution des Juifs. En novembre 1942, l'Allemagne envahit la zone libre. Le gouvernement de Vichy perd toute autonomie. En 1943, un service du travail obligatoire (STO) voit le jour, qui contraint des ouvriers français à aller travailler dans les usines allemandes où la main-d'œuvre manque. Une nouvelle police française va compléter l'action de la Gestapo (voir page 5) : la Milice. Sa principale mission est la chasse aux Juifs et aux résistants. Elle encourage la délation, pratique la torture et les exécutions sommaires.

L'armée de l'ombre

À la suite de l'invasion de l'URSS par la Wehrmacht, de nombreux communistes entrent dans la Résistance. Ils seront rejoints par ceux qui refusent de partir travailler en Allemagne. Pour échapper à la Milice et aux Allemands, les résistants fabriquent de faux papiers d'identité. Beaucoup se cachent dans les forêts, les montagnes, où ils reçoivent l'aide des populations locales. Londres leur parachute des armes pour qu'ils puissent se battre.

Partout en Europe, des hommes et des femmes s'engagent dans la lutte. Avec la plus grande prudence et en secret, les résistants impriment des tracts ou des journaux clandestins, transmettent des messages codés, cachent des Juifs, organisent leur évasion, sabotent des voies de chemin de fer…

LA GUERRE DEVIENT MONDIALE

Jusqu'en 1941, le conflit se concentre en Europe et dans une partie de l'Asie et de l'Afrique. Tout change quand l'Allemagne, déterminée à anéantir le peuple slave, rompt ses engagements et envahit la Russie le 22 juin 1941. Puis, c'est le Japon qui attaque par surprise les troupes américaines à Pearl Harbor. Dès lors, les combats font rage sur mer, sur terre et dans les airs. De l'Atlantique au Pacifique en passant par la Méditerranée, on se bat pour des territoires et surtout pour des idées. Une guerre mondiale et totale s'engage.

DEUX FORCES S'AFFRONTENT : LES ALLIÉS ET L'AXE

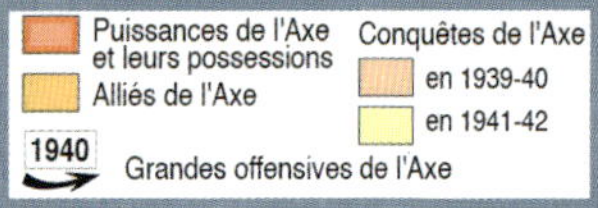

Les Alliés sont l'ensemble des nations qui se battent contre les pays rangés aux côtés d'Hitler. Ce nom regroupe : le Royaume-Uni, le Canada, l'Inde, la Nouvelle-Zélande, l'Australie, les États-Unis, la France, la Pologne, la Belgique, les Pays-Bas, la Grèce, la Norvège et la Yougoslavie.

Du côté russe

Forte de ses succès à l'Ouest, l'Allemagne se tourne vers la Russie, qui représente un immense espace à conquérir. Hitler rompt le pacte germano-soviétique conclu en 1939 et lance l'opération « Barberousse » en juin 1941. Il mise sur une victoire en 5 mois. La Wehrmacht profite de la désorganisation de l'armée russe pour foncer au cœur du pays. En septembre, elle encercle Leningrad et s'empare de Kiev. En octobre, elle marche sur Moscou, qui a renforcé ses défenses. Staline appelle tous les Russes à se battre jusqu'au bout.

Du côté du Pacifique

En 1940, le Japon, qui veut s'imposer dans le Pacifique, signe le Pacte tripartite avec l'Allemagne et l'Italie. En 1941, il s'empare de l'Indochine française (Vietnam, Laos, Cambodge). Les États-Unis lui imposent alors des sanctions économiques. Face à la pénurie de matières premières, le Japon décide de s'emparer des ressources d'Asie du Sud-Est et d'éliminer les forces américaines et britanniques présentes sur place. Le 7 décembre 1941, 360 avions japonais attaquent par surprise la flotte américaine à Pearl Harbor, dans les îles d'Hawaï. Le lendemain, le président américain Roosevelt déclare la guerre au Japon. En retour, Hitler déclare la guerre aux États-Unis.

L'enfer glacé

À l'automne, les pluies et la boue ralentissent déjà la progression allemande. Puis vient l'hiver. La Wehrmacht n'est pas équipée pour affronter des températures de - 30 °C : les avions, les tanks, les carburants, tout gèle, et les soldats meurent de froid. L'Armée russe contre-attaque et sauve Moscou. Hitler vise alors le Caucase et ses champs de pétrole, ainsi que Stalingrad.

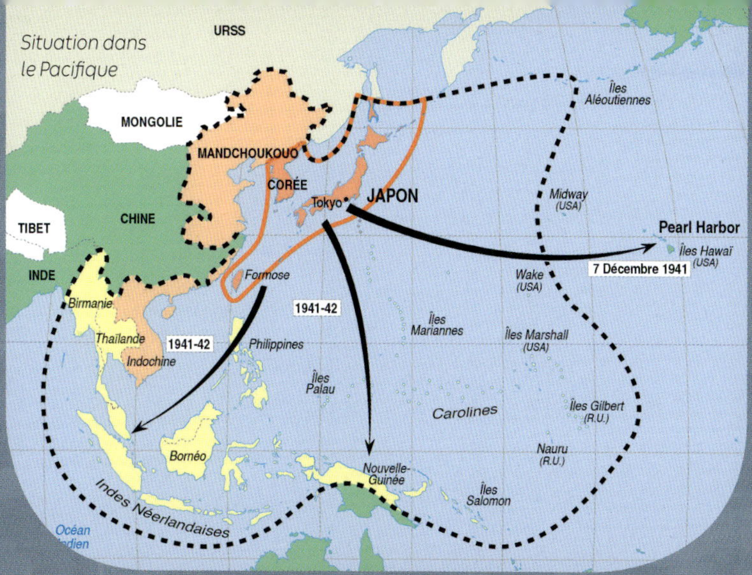

En Méditerranée

Déjà présente en Libye, en Éthiopie, en Érythrée et en Somalie, l'Italie poursuit ses conquêtes en Afrique. Or l'Égypte et le Soudan sont sous protection britannique. En juin 1940, l'Italie profite de ce que l'Angleterre reste seule en guerre face à l'Allemagne pour lancer les hostilités en Égypte et en Grèce. Mais les Anglais rassemblent leurs forces et lancent une contre-offensive. Début 1941, l'Allemagne vient en aide à l'Italie en envoyant les troupes blindées du général Rommel qui progressent rapidement jusqu'en Égypte. En avril 1941, l'Allemagne s'attaque à la Yougoslavie et à la Grèce.

Le triomphe du Japon

L'armée japonaise surprend les Américains et les Britanniques en menant la guerre sur des distances considérables. Ainsi se déploie-t-elle avec succès depuis la Mandchourie (au nord-est de la Chine) jusqu'au nord de Bornéo, en passant par Hong Kong, les Philippines, la Thaïlande, la Malaisie, Singapour, la Birmanie… (voir carte ci-dessus).

DE L'EXCLUSION AU GÉNOCIDE

Adolf Hitler classe les hommes en différentes races. Au sommet, il place la race aryenne, constituée d'individus grands, blonds, aux yeux bleus, avec le crâne plus long que large. Parmi les races inférieures, il range les Tsiganes, les Slaves, les Noirs et surtout les Juifs, qualifiés de « parasites ». Mais il hait aussi les homosexuels, les communistes... Dès 1933, il entreprend de se débarrasser de ceux qu'il prend pour des sous-hommes. Ainsi, il organise le massacre de plus de 6 millions de Juifs et de 200 000 Tsiganes. On parle de génocide.

Parmi les premières persécutions, les nazis dissuadent les clients de se rendre dans les commerces juifs.

Les persécutions

Hitler incite la population à haïr les Juifs qu'il décrète responsables des problèmes de l'Allemagne. En 1933, des pancartes signalent les magasins appartenant aux Juifs pour dissuader les clients d'y faire leurs achats (voir ci-dessus). Puis les Juifs n'ont plus le droit de travailler dans l'administration, la justice, l'armée, la santé. On leur interdit la piscine, le théâtre, de monter à bicyclette... Leurs enfants ne peuvent plus aller à l'école. Privés de la nationalité allemande en 1938, certains quittent l'Allemagne, mais bientôt les persécutions s'étendent à tous les pays occupés.

À partir de 1941 en Allemagne, puis 1942 dans la France occupée, tous les Juifs doivent porter une étoile jaune.

Les camps de concentration

Dès 1933, des camps sont construits pour y enfermer des prisonniers et pour, dit-on, les « rééduquer ». Ce sont les Schutzstaffel, les SS, qui les surveillent. Chaque prisonnier porte un triangle de couleur sur sa tenue : rouge pour les opposants au pouvoir nazi, jaune pour les Juifs, rose pour les homosexuels... Les prisonniers ne sont plus appelés par leur nom, mais par un numéro tatoué sur leur peau. Ils souffrent de la faim, du froid, du manque d'hygiène et d'humiliations permanentes. Contraints de travailler très dur sous peine d'être fusillés, beaucoup meurent d'épuisement.

Chaussures, vêtements, lunettes, dents en or sont récupérés sur les morts et recyclés par les nazis.

À la fin de 1941, les camps d'extermination reçoivent toujours plus de civils transportés par wagons dans des conditions inhumaines.

La Solution finale

Les nazis ont d'abord souhaité expulser les Juifs du Reich. Puis, en 1939, après l'invasion de la Pologne, ils les obligent à s'entasser dans des ghettos. Le projet d'exclusion se transforme alors en plan d'élimination de masse. À partir de l'invasion de la Russie en 1941, les « escadrons de la mort » exécutent les Juifs dans les villages. Puis des camps d'extermination sont construits pour les assassiner en plus grand nombre encore. Hommes, femmes, enfants y sont acheminés dans des trains bondés. À l'arrivée, ceux qui sont jeunes et en bonne santé sont sélectionnés pour des travaux forcés. Les autres sont dirigés vers des bâtiments pour, leur dit-on, prendre une douche. Or du gaz s'échappe à la place de l'eau et ils meurent asphyxiés. Les corps sont brûlés dans des fours.

Arrestation dans le ghetto de Varsovie

LES GHETTOS

Dès 1939, les nazis créent des ghettos : des quartiers où les Juifs sont obligés d'aller vivre dans des conditions misérables. Isolés des autres habitants, ils manquent de tout : d'espace, de nourriture, de soins, d'hygiène. Beaucoup meurent de faim ou de maladie. À Varsovie, en Pologne, le ghetto sera entouré d'un mur de plus de 3 m de haut, hérissé de barbelés, pour rendre impossible tout contact avec l'extérieur. Environ 450 000 personnes y sont ainsi coupées du monde.

LA VICTOIRE EN VUE

La fin de l'année 1942 marque un tournant dans la guerre. C'est le temps de la contre-offensive alliée. Les succès changent de camps. La défaite japonaise de Guadalcanal coïncide avec la victoire britannique d'El-Alamein en Afrique du Nord et la contre-offensive russe de Stalingrad. Tandis qu'à l'est la pression russe ne faiblit pas, de grandes opérations de débarquements sont organisées en Afrique du Nord, en Italie, en France et dans le Pacifique. La libération des pays occupés est en route, mais ce n'est qu'en septembre 1945 que s'achève enfin le conflit le plus destructeur de l'Histoire.

Victoire alliée en Égypte

En Afrique du Nord, les combats continuent. Décidé à poursuivre l'offensive en Lybie, le commandant Rommel demande à recevoir de nouvelles troupes, or Hitler donne la priorité à l'invasion du Caucase et refuse. Menant malgré tout l'offensive, Rommel prend le port libyen de Tobrouk et progresse jusqu'à El-Alamein en Égypte. Les Anglais épuisés résistent. Un nouveau chef arrive à leur tête, le général Montgomery. Le 23 octobre 1942, l'artillerie anglaise attaque, suivie par les chars. À court de carburant, les Allemands finissent par se replier le 2 novembre.

Le 12 novembre 1942, les troupes britanniques peuvent enfin hisser le drapeau anglais sur les ruines du port de Tobrouk (Libye).

Artilleurs britanniques à la bataille d'El-Alamein (Égypte).

Le général Eisenhower

L'opération Torch

Le 8 novembre 1942, pour la première fois réunis en campagne, Anglais et Américains lancent l'opération Torch en Afrique du Nord sous le commandement du général américain Eisenhower. Les troupes débarquent sur la côte atlantique du Maroc et dans les ports algériens d'Oran et d'Alger. L'étape suivante est le contrôle de la Tunisie.

Combattre dans le désert est particulièrement difficile : la chaleur est intenable, les hommes sont malades, ils souffrent d'insolation, le matériel s'enraye à cause du sable, les véhiculent s'enlisent.

La reddition italienne

L'Afrique du Nord libérée des Allemands, les Alliés se lancent à l'assaut de la Sicile et programment l'invasion de l'Italie. Le succès ayant changé de camp, le Grand Conseil fasciste fait arrêter Mussolini en juillet 1943. Le nouveau gouvernement italien cherche à obtenir la paix avec les Alliés. Le 8 septembre, il demande l'armistice. Cependant, l'occupant allemand va défendre le territoire italien pendant encore 2 ans.

La bataille de Stalingrad

Le 10 août 1942, l'armée allemande est devant Stalingrad. En face, la riposte s'organise. Chaque rue, chaque mur fait l'objet de combats acharnés. Faute de ravitaillements, les soldats allemands sont affamés ; ils se rendent le 31 janvier 1943. 110 000 Allemands et 500 000 Russes sont morts.

La bataille de Stalingrad, qui durera presque 6 mois, reste l'une des plus meurtrières de l'Histoire. On dénombre près d'1 million de morts, dont des milliers de civils.

La Russie libérée

La résistance des soldats russes aux conditions climatiques extrêmes est un atout pour la Russie. Après la victoire de Stalingrad, son armée, l'Armée rouge, entreprend de libérer l'Ouest du pays. La plus grande bataille de chars a lieu à Koursk en juillet 1943 : 2 500 chars allemands s'opposent à 3 000 chars russes. La victoire russe annonce le recul inexorable de l'armée allemande.

La marche sur Berlin

Pour faciliter l'avancée des Alliés à l'Ouest, les 4 millions de soldats allemands doivent être retenus sur le front de l'Est. La libération de la Pologne et des autres pays slaves devra avoir lieu en même temps que le débarquement sur les côtes françaises pendant l'été 1944.

La défaite de l'Allemagne reste l'objectif premier des Alliés, celle du Japon suivra. Préparé pendant plusieurs années sous le nom de code Overlord, le débarquement de Normandie annonce le début de la libération de l'Europe, mais la percée est longue et difficile. Il faut 11 mois aux troupes américaines pour rejoindre les troupes russes en Allemagne. Dans le Pacifique, c'est aussi au terme d'une gigantesque reconquête maritime que l'armée américaine vaincra le Japon.

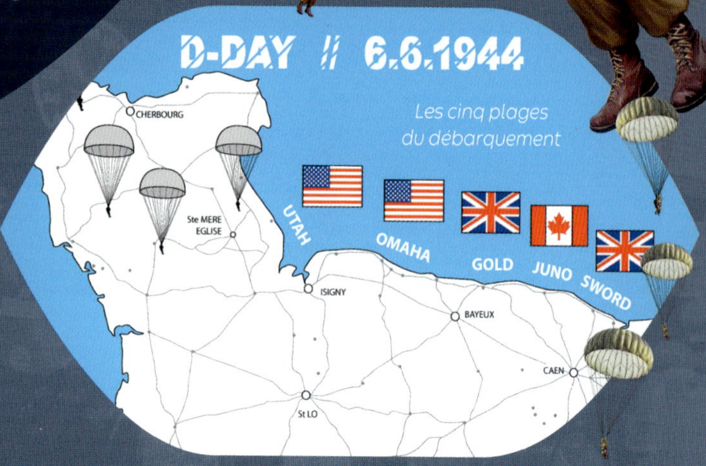

Le débarquement de Normandie

Déjouant le « mur de l'Atlantique », véritable fortification de près de 5 000 km de côtes qu'avaient dressée les Allemands pour contrer toute offensive, les Alliés décident de débarquer sur les plages et non dans les ports comme l'attend l'ennemi. La Normandie est retenue car elle se situe à portée des avions de chasse basés en Angleterre et permet aux bateaux une traversée en une nuit. Le débarquement a lieu le 6 juin 1944, mais Hitler, qui croit encore à une attaque dans le Pas-de-Calais, refuse d'envoyer des renforts en Normandie. Avec le soutien de l'aviation et de l'artillerie navale, 155 000 soldats prennent le contrôle des cinq plages du débarquement.

En avant !

6 h 45 le matin du 6 juin 1944, les soldats descendent des barges avec leur paquetage, quelques mots de français et la mission de délivrer au plus vite les côtes normandes... Pourtant, 3 800 soldats perdront la vie ce jour-là !

La libération de l'Europe

Fin juillet, les Alliés ont péniblement libéré la Normandie et se rapprochent peu à peu de Paris. Le 15 août, un débarquement a lieu dans le sud de la France.
Le 25, Paris est libérée, puis Bruxelles le 3 septembre. Le 11, les Américains pénètrent en Allemagne. Hitler prépare en vain une contre-offensive dans les Ardennes. Au début de 1945, l'Allemagne, bombardée nuit et jour, est dans une situation désespérée, alors que l'armée russe avance comme un rouleau compresseur, libérant l'Europe de l'Est et les Balkans pour encercler Berlin, le 25 avril. Le 30 avril, Hitler se suicide et le 2 mai toute résistance cesse. Le 7 mai, l'Allemagne signe la capitulation en France.

À Paris, en août 1944, c'est une foule en liesse qui porte en triomphe les libérateurs. Ceux-ci ont dû conquérir chaque kilomètre jusqu'à la capitale.

DES BATAILLES « AU-DELÀ DE L'HORIZON »

En mai 1942, les batailles de la mer de Corail et de Midway signent le tournant de la guerre du Pacifique. Pour la première fois, des batailles impliquent des porte-avions hors de portée de vue de l'ennemi. Seuls les aviateurs sont engagés dans les combats. Dès lors, l'armée américaine montre son éclatante supériorité face à une armée japonaise incapable de compenser ses pertes. Procédant par sauts de puce, les troupes avancent d'île en île pour arriver jusqu'à Tokyo. Le 10 mars 1945, un quart de la capitale disparaît sous 1 700 tonnes de bombes incendiaires et explosives.

Au Japon, la défaite est impensable. Dans l'espoir d'enrayer l'avancée alliée, l'armée japonaise transforme son aviation en arme suicide : les pilotes kamikazes s'envolent par vague pour s'écraser sur les ponts de navires ennemis. Des appareils de plus 2 tonnes dont la moitié d'explosifs fondent sur leur cible à 1 055 km/h.

LA CAPITULATION

Le Japon est affamé, ses villes en ruines. En juillet 1945, il ignore l'avertissement des Alliés qui le pressent de se rendre sans conditions. Les 6 et 9 août, les Américains larguent deux bombes atomiques sur les villes d'Hiroshima et Nagasaki, tuant instantanément plus de 200 000 personnes. Très gravement ébranlé, le Japon capitule le 2 septembre 1945.

« Little boy » est largué sur Hiroshima le 6 août.

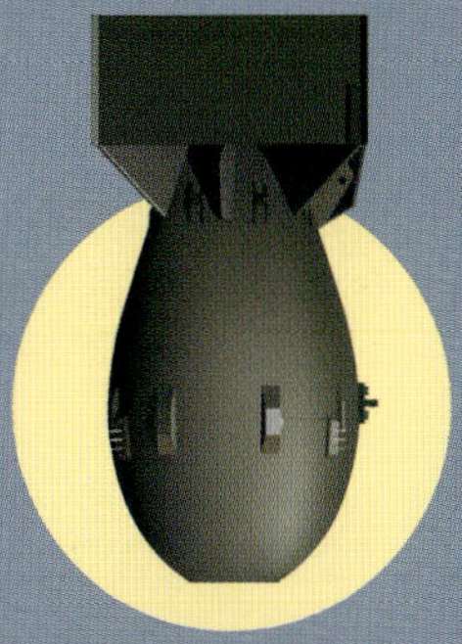

« Fat man » est largué sur Nagasaki le 9 août.

ARMES ET MATÉRIEL

L'issue d'une guerre dépend en grande partie des armes et du matériel des armées. En 1939, l'armement reste souvent rudimentaire, certaines pièces d'artillerie étant encore parfois tractées par des chevaux. Mais, les années suivantes, les ingénieurs vont travailler à l'élaboration d'armes révolutionnaires. Une nouvelle forme de guerre apparaît, plus mobile grâce aux chars et aux communications radio, plus destructrice sous l'effet des bombardements de l'aviation, plus meurtrière avec l'usage des bombes incendiaires et de la terrifiante bombe atomique.

Le Messerschmitt 262

Surnommé « l'hirondelle », il est lancé fin 1944 par les Allemands. C'est le premier avion à réaction utilisé au combat. Rapidité et maniabilité sont des qualités indispensables pour des avions de chasse. Avec ses 850 km/h, celui-ci est particulièrement efficace !

Les sous-marins

Ils sèment la terreur sur les océans. Les U-Boot allemands opèrent en meutes pour empêcher l'Angleterre d'être ravitaillée. Ils font surface la nuit et lancent leurs torpilles. En 1942, ils coulent 1 664 bâtiments dans l'Atlantique.

Les mines navales

Elles furent largement employées contre les bateaux et sous-marins.

LES ARMES DE POING

Le fusil et la baïonnette sont encore les armes de base du fantassin. Il dispose aussi de mitrailleuses légères, de fusils-mitrailleurs... Une telle variété est un vrai casse-tête pour le ravitaillement en munitions et en pièces de rechange.

La Jeep américaine

Mise au point en 1940, elle est opérationnelle sur tous les terrains grâce à ses quatre roues motrices. Elle peut en outre transporter un chargement de 360 kg.

Les side-cars allemands

Ils sont lancés en éclaireurs avant l'attaque des unités blindées. Rapides et maniables, ils sont parfaits pour créer la surprise du côté ennemi.

Le Spitfire anglais

Il s'est notamment illustré pendant la bataille d'Angleterre. Connu pour sa vitesse et sa maniabilité, il est capable d'atteindre 582 km/h.

La bombe atomique

L'invention la plus terrible de la guerre. Elle est expérimentée par les Américains le 16 juillet 1945. 20 jours plus tard, elle est larguée sur la ville japonaise d'Hiroshima.

Le porte-avions

Il est le symbole de la bataille du Pacifique. À partir de 1941, il devient l'arme navale par excellence. Il permet de transporter les troupes au plus près de l'ennemi.

Le char de combat

Il révolutionne la guerre terrestre. Muni de liaisons radio de char à char, il rend les opérations plus rapides du fait de sa mobilité. Le roi des chars est le T-34 soviétique, conçu en 1939.

Le chasseur Zéro

Il est l'avion embarqué sur les porte-avions japonais. Au début de la guerre du Pacifique, il surpasse les Américains grâce à son agilité et à son grand rayon d'action.

Le cuirassé de combat

Il est doté d'un épais blindage censé le protéger des mines, des obus et des torpilles. Malgré son armement antiaérien, ce navire reste trop vulnérable aux attaques des avions.

Les armes antichars

Parmi elles le Pak 38, le seul canon capable d'arrêter le char T-34. Facile à camoufler, il peut également tirer des obus à plus de 2,7 km.

Les forteresses volantes

Ce sont des bombardiers lourds à long rayon d'action. Capables d'emporter 6 tonnes de bombes, ils provoquent des dégâts considérables.

La péniche

Elle est un élément déterminant lors d'un débarquement. Avec son fond plat et sa rampe qui s'abaisse à l'avant, elle permet aux troupes et même aux chars de débarquer au plus près des plages.

Les bombes V1 et V2

Ce sont des fusées sans pilote conçues par les ingénieurs allemands comme armes de représailles. L'exemplaire V2 servira de modèle à presque toutes les fusées de l'après-guerre.

AU LENDEMAIN DE LA GUERRE

La guerre est finie. L'Allemagne et le Japon ont signé la reddition à 4 mois d'intervalle. Après les joies de la libération vient le temps des désillusions. Le bilan est effroyable : plus de 55 millions de morts ! Des millions de personnes se retrouvent sur les routes, certaines chassées par la modification des frontières, d'autres rentrant dans leur pays après l'avoir fui. Quantité de villes et de villages sont dévastés. Il faut déblayer les ruines, déminer... On découvre l'horreur des camps de concentration et de la bombe atomique.

Un bilan effroyable

Jamais le monde n'a connu un tel déchaînement de violence. Non seulement les armes ont évolué, permettant plus de destruction et un plus grand rayon d'action, mais les armées ont aussi eu la volonté d'anéantir les populations. Environ 20 millions de militaires et 40 millions de civils, ont été tués dont plus de 20 millions de Russes et 12 millions de Chinois.

Territoires dont les frontières ont bougé et déplacements des populations.

Les ventres creux

La vie reprend difficilement son cours. Partout des maisons et des immeubles sont en ruines et leurs habitants sans abri. Certaines villes ont été détruites à plus de 70 %. Beaucoup de familles n'ont plus ni chauffage ni électricité. Des kilomètres de voies ferrées, des ponts, des écluses ont disparu. Les routes sont impraticables, les usines dévastées, les champs en friche. La nourriture manque et le marché noir prospère.

En France, en Allemagne, en Russie, en Pologne, au Japon, la population vit au milieu des bâtiments éventrés.

1945 : la ville de Saint-Lô, en Normandie, est un véritable champs de ruines.

Grand nettoyage et chasse aux « traîtres »

Dans les pays libérés, on efface les traces de l'Occupation. On traque les symboles nazis et les panneaux rédigés en allemand. Les gens ont soif de justice et parfois de vengeance : ceux qui ont collaboré avec les nazis sont arrêtés, certains sont exécutés sans procès, d'autres sont jugés puis fusillés. Des milliers de femmes sont tondues en public pour avoir fréquenté des Allemands.

À la libération des camps de concentration, le monde entier découvre l'enfer qu'ont vécu les déportés. Le nombre de victimes est terrible : 6 millions de Juifs ont été exterminés, ainsi qu'un tiers des Tsiganes d'Europe. Certains prisonniers sont tellement affaiblis qu'ils meurent peu après leur libération.

Les deux premières bombes atomiques de l'Histoire ont été larguées. Rien qu'à Hiroshima, environ 110 00 personnes meurent brûlées vives ou sous l'effet du souffle. Des milliers de victimes mourront des années plus tard des conséquences des radiations.

PRÉPARER L'APRÈS-GUERRE

Dès février 1945, c'est-à-dire avant même la fin du conflit, Churchill, Roosevelt et Staline, les chefs d'États du Royaume-Uni, des États-Unis et de l'URSS, se réunissent à Yalta, en Crimée, pour préparer l'après-guerre. En juillet, une seconde conférence a lieu en Allemagne, à Potsdam, pour fixer entre autres le sort de l'Allemagne. Les frontières de certains pays sont modifiées. Dès lors, les États-Unis et l'Union soviétique se partagent le monde.

DES CRIMES CONTRE L'HUMANITÉ

Durant cette guerre, des atrocités ont été commises, notamment par les Allemands, les Russes et les Japonais. Les civils sont devenus des cibles et les conventions internationales sur les prisonniers de guerre n'ont pas été respectées. Pour les actes inhumains et les persécutions perpétrées dans les camps et à l'extérieur, les dirigeants allemands accusés de crime contre l'humanité sont jugés par un tribunal international, à Nuremberg, en Allemagne. Les dirigeants japonais répondront aussi de leurs actes, et d'autres procès suivront longtemps après la guerre.

TABLE DES MATIÈRES

57, rue Gaston Tessier, CS 50061, 75166 Paris Cedex 19
www.fleuruseditions.com
Direction : Guillaume Pô
Direction éditoriale : Emmanuelle Braine Bonnaire
Conception de la collection : Émilie Beaumont et Jack Delaroche
Édition : Amandine Doubre
Conception graphique : Éric Laurin sous la direction de création de Élisabeth Hébert
Direction artistique : Bleuenn Auffret, assistée de Julien Di Giorgio
Mise en page : Graph'M
Direction de fabrication : Thierry Dubus
Fabrication : Axelle Hosten

Loi n° 49-956 du 16 juillet 1949 sur les publications destinées
à la jeunesse, modifiée par la Loi n° 2011-525 du 17 mai 2011.
Dépôt légal : janvier 2021
3e édition - N° d'édition : J21010
ISBN : 978-2-2151-5828-8 • MDS : 292720N2
Achevé d'imprimer en décembre 2020 en Italie
Par LEGO S.p.A par l'intermédiaire d'Ercom

IMPRIM'VERT®

Certifié PEFC
Ce produit est issu de forêts gérées durablement et de sources contrôlées
PEFC
PEFC/18-31-280
www.pefc-france.org